Dieses Buch widme ich Dir Alexander,
einem meiner besten und ältesten Freunde.
Für 17 geile Jahre danke ich Dir.
Hast mein Leben stets bereichert.
Hast es lustiger und um einiges erträglicher gemacht.
Hast mehr gelebt als jeder andere den ich kannte.
Warst ein prächtiger Mensch Alexander.
Werde Dich niemals vergessen.
Punkt.

Alexander Jessen: 13.11.1968 - 27.04.2000

ULI OESTERLE

FRASS

„Frass“
erscheint in der
EDITION 52
1. Auflage 2000
Redaktion: Uwe Garske und Thomas Schützinger
Copyright © Uli Oesterle
Copyright © der Buchausgabe EDITION 52
Druck: Druckerei Uwe Nolte, Iserlohn

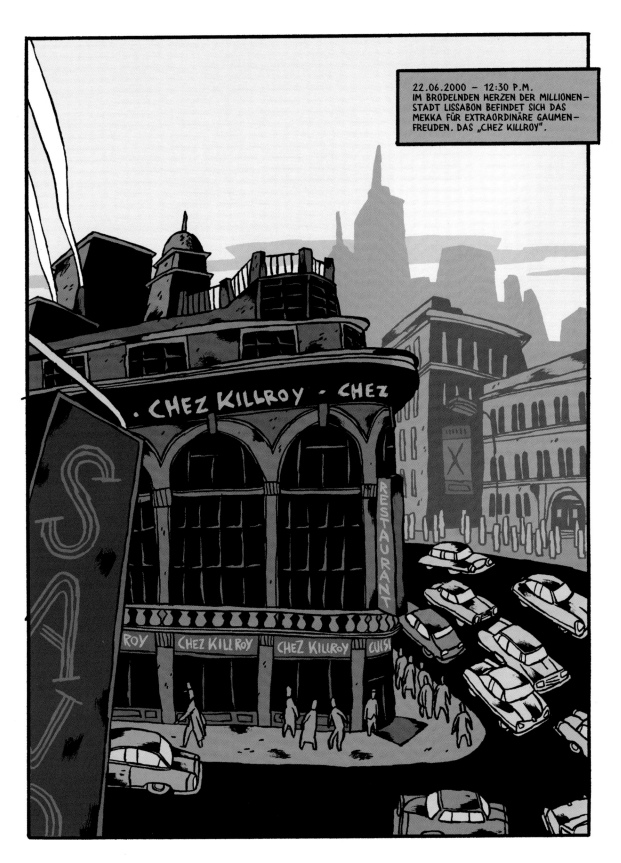

22.06.2000 – 12:30 P.M.
IM BRODELNDEN HERZEN DER MILLIONEN–
STADT LISSABON BEFINDET SICH DAS
MEKKA FÜR EXTRAORDINÄRE GAUMEN–
FREUDEN. DAS „CHEZ KILLROY".

DAS IST DOCH GAR NICHT SO SCHWER. WIR HABEN PETERSILIE VEREINBART UND WAS TUT DER WERTE HERR KÜCHENGEHILFE?

ER IGNO- RIERT UNSERE ABMACHUNG...

...UND GIBT „SELLERIE" IN DIE MARKKLÖSSCHEN- SUPPE MIRAGE.

?

ABER DAS IST DOCH...

BEI ALLER LIEBE, KAROL...

WAS HAB'ICH DENN MIT DER SAUCE LAPIDAR GESAGT, HÄ?

NICHT ZU SCHARF HAB'ICH GESAGT.

SIE SOHN EINES VIERTKLASSIGEN SCHNELL-RESTAURANT-BETREIBERS.

... WIR KÖNNEN UNS SOLCHE SCHNITZER NICHT LEISTEN, KAROL. DAS IST BEIM BESTEN WILLEN NICHT DRIN...

... BESONDERS NICH´ BEI SO ´NEM SENSIBLEN GAUMEN, WIE DEM VON MONSIEUR BRÛTE.

WENN SIE JETZT GÜTIGST ANDERSWO BLUTEN WÜRDEN.

WIR WOLLEN DOCH NICHT DAS GUTE NACHSPEISERL GEFÄHRDEN.

BUÑUEL

MACHT DIE SAUEREI WEG.

ICH ÜBERNEHM´ DIE LIEFERUNG.

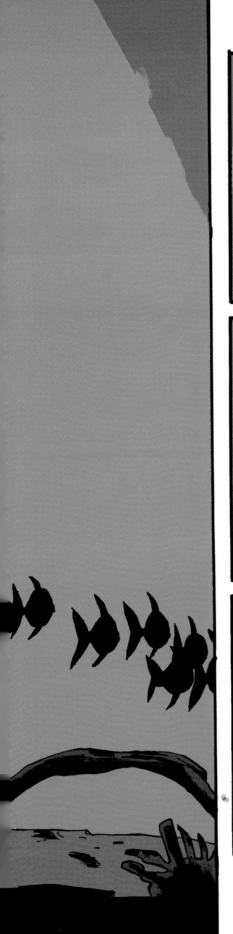

EIN SCHLAUER MENSCH SAGTE EINMAL: „ESSEN FÄNGT DA AN, WO DER HUNGER AUFHÖRT."

ERST VOR KURZEM WURDE MIR DER TIEFERE SINN JENER WORTE SCHMERZLICH BEWUSST.

MEIN NAME IST SERAFIN BRUTE II.

DER PÖBEL BEHAUPTET, ICH SEI EIN GOURMET.

EINE BELEIDIGUNG, DIE MITTLER— WEILE AN MIR ABPRALLT, WIE MASCHINENGEWEHRHAGEL AN EINER GEPANZERTEN LIMOUSINE.

OH, ICH WAR WEITAUS MEHR ALS NUR EIN GOURMET.

11.11.2000 – 12:30 PM. NEW YORK CITY. DIE BESCHEIDENE STADTRESIDENZ DES AUSSER— ORDENTLICH BERÜHMTEN GOURMETS UND RESTAURANTKRITIKERS SERAFIN BRUTE II. DER AQUAMARINE SALON.

TAUSEND DANK, SOUSOUK.

EIN MIT SÄMTLICHEN HOCHGENÜSSEN UND KOMPLEXEN GASTRONOMISCHEN SPITZ— FINDIGKEITEN VERTRAUTER MENSCH WAR ICH. DAS UNFEHLBARE ORGAN DES GUTEN GESCHMACKS.

EIN PROPHET. OHNE UNBESCHEIDEN WIRKEN ZU WOLLEN: ICH WAR GOTTES GAUMEN, MEINE HERRSCHAFTEN.

BIS ICH DAS OPFER MEINER LEIDENSCHAFT WURDE.

DER LEIDENSCHAFT...

... ZU GUTEM ESSEN.

22.06.2000 — 12:37 P.M.
DIE GASTRÄUME DES „CHEZ KILLROY".

... ICH
ÜBERNEHM´ DIE
LIEFERUNG.

DIALOG VOM LIMONEN- SORBET...

...UND FRISCHER KENTUCKY— MELROSE KANTALUP...

...AN EINER SAUCE LAPIDAR.

ICH WEISS.

HACH WIE SÜSS. KRIEGT DER KÖTER IMMER DASSELBE FUTTER WIE SIE?

NUR WENN ER GERADE AUF DIÄT IST.

ANSONSTEN NIMMT ER GERN AUCH MAL EIN HÄPPCHEN MEHR.

EIN GUTER ESSER, OH JA...

...UND SO WOHLERZOGEN. ICH WAR EINMAL VOR 7 JAHREN ZU EINEM BANKETT IN MEXICO—CITY GELADEN. BUÑUEL SASS DORT AM STRASSENRAND UND MACHTE EIN HUNGRIGES GESICHT. ICH VERSPÜRTE MITLEID, NAHM IHN IN MEINE OBHUT UND SCHICKTE IHN AUF EINE SÜNDTEURE HUNDESCHULE IN NEW HAMPSHIRE. HEUTE IST ER EIN VOLLENDETER GENTLEMAN.

DONNERWETTER! WAS FÜR EIN GUTER ESSER.

DAS TIERCHEN SCHEINT IHNEN JA SEHR AM HERZEN ZU LIEGEN?

ER IST EIN FREUND, MIT DEM ICH ALLES TEILE.

AUSSERDEM IST BUÑUEL DER EINZIGE MENSCH IN MEINEM LEBEN.

GELL.

JAAA. JAAA.

TETSCH TETSCH

BUÑUEL

HUND HIN ODER HER. ES GIBT DA ETWAS, DAS MICH INTERESSIERT.

ACH WIRKLICH?

ICH VERSTEH´S NICHT.

SIE HABEN MICH GEMIETET.

MIT EINIGEM STOLZ IN DER BRUST, KANN ICH BEHAUPTEN, DAS TEUERSTE PFERDCHEN IN DER STADT ZU SEIN...

...UND SIE HABEN NICHTS WICHTIGERES ZU TUN, ALS SICH NEUN GÄNGE VON DIESEM HIGH—END—FRASS REINZUSTOPFEN.

DAS KRÄNKT MEIN NUTTEN—EGO, SIE UNSENSIBLER KLOPS.

DÁCCORD, DÁCCORD.

ICH ERKLÄR'S IHNEN...

... ALSO KOMMEN SIE MIR BLOSS NICHT MIT SEX!

OKAY. WIESO BIN ICH DANN HIER?

SIE KAPIEREN ES NICHT, ODER?

ICH ...

ES IST DOCH GANZ SIMPEL.

SIE TRAGEN EIN RESPEKTABLES ÄUSSERES ZUR SCHAU.

SIE SIND SCHLICHTE DEKORATION. AUSTAUSCHBARER ZIERAT. MEHR NICHT.

JA, JA, DAS AUGE ISST MIT, UND SO. WERDEN SIE BLOSS NICHT FRECH, SIE FEISTER SCHNÖSEL.

NEHMEN SIE'S NICHT PERSÖNLICH.

ES GIBT WEITAUS SCHLIMMERES.

SMUAK SMUAK

WISSEN SIE ...

WAS FÜR MICH DAS SCHLIMMSTE WÄRE?

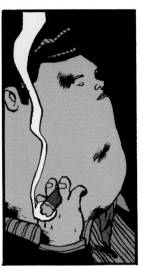

WENN ES MIR NICHT MEHR SCHMECKT...

...DAS WÄRE FURCHTBAR.

15.07.2000 – 09:30 PM. YOKOHAMA. DAS „DRAGON SUSHI". DER TREFFLICHSTE ROHE FISCH, DEN DER FERNE OSTEN ZU BIETEN HAT.

ETWAS...
IST NICHT
IN ORDNUNG?

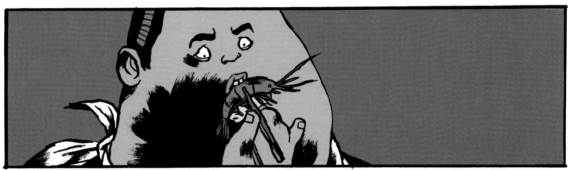

SPUD

THUD

CROL

28

DAS REICHT!

MONSIEUR BRÛTE, VERZEIHUNG BITTE. SUSHI GANZ FRISCH WIE IMMER...

BUÑUEL. WIR GEH'N!

GENAU WIE IMMER!

01.08.2000 — 9:45 P.M.
EINE FEUCHTKLEBRIGE SUMPFLANDSCHAFT HINTER DEM MURAYA ATOLL IST DER SCHAU-PLATZ EINER VERZWEIFELTEN SUCHAKTION.

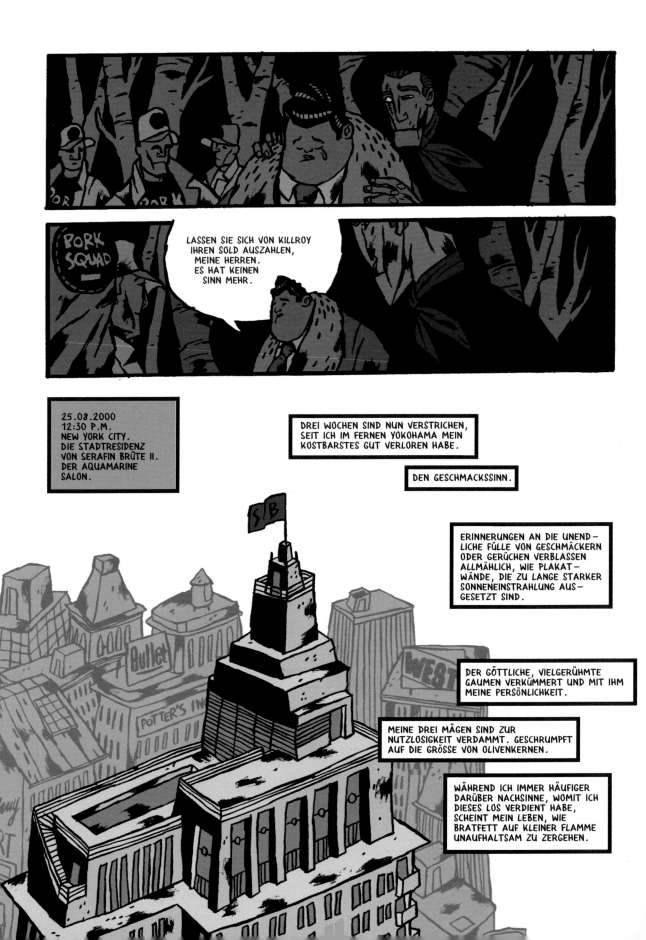

ICH BIN MAGER GEWORDEN.
UND MÜDE.

WAS EINST MEINEN LEBENS-
INHALT DARSTELLTE, IST ZUR
STUPIDEN NAHRUNGSAUFNAHME
VERKOMMEN.

KRAFTLOS WEICHEN LETZTE
UMGANGSFORMEN STÖRENDER,
UNTERSCHWELLIGER ANGST.

VERGE-
BUNG.

TELLER VOLL
ERBROCHENEM
KÖNNTE ICH
ANSTANDSLOS
VERSPEISEN,
OHNE IN DER
LAGE ZU
SEIN, DEREN
INHALT ZU
ERSCHMECKEN.

EINEN WICHTIGEN UMSTAND
HABE ICH SCHON BEINAHE
VERGESSEN...

... „DAS AUGE ISST MIT."

DENNOCH KEIMT BISWEILEN
ETWAS AUF, DAS SICH WIE
HOFFNUNG ANFÜHLT.

IRGENDETWAS. EIN ZEICHEN.

EIN VAGER GEDANKE, ...

...DER SICH ERST NOCH MANIFESTIEREN MUSS, ...

...WIE FLÜSSIGER WACKELPUDDING, DER ERST IM KÜHLSCHRANK ZU WAHRER GÖTTER- SPEISE GERINNT.

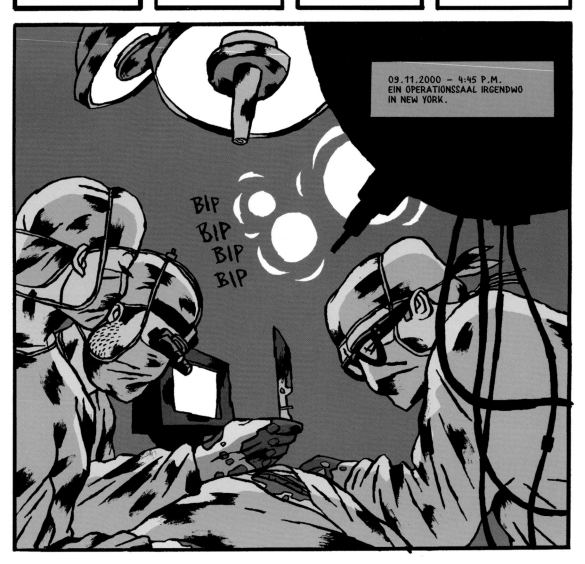

09.11.2000 – 4:45 P.M.
EIN OPERATIONSSAAL IRGENDWO IN NEW YORK.

35

DIE SCHENKEL SOLLEN GANZ VORZÜGLICH SCHMECKEN, HABE ICH MIR SAGEN LASSEN.

JESUSMARIAUNDJOSEF! WAS...WAS SOLLTE ICH DENN TUN BUÑUEL? ICH WUSSTE EINFACH NICHT WEITER. SIE WAREN MEIN LETZTER AUSWEG! ICH...

...ICH DACHTE, DER GENUSS IHRES FLEISCHES KÖNNTE MICH IN DIE GLÜCKLICHE LAGE VERSETZEN, MEINEN GESCHMACKSSINN ZU REAKTIVIEREN.

ICH GLAUBTE, SIE WÜRDEN MIR SCHMECKEN, WEIL ICH SIE TÄGLICH MIT DEN TREFFLICHSTEN SPEISEN GEFÜTTERT HABE.

UND?

ICH WAGE KAUM ES AUS— ZUSPRECHEN.

NUR KEINE SCHEU. WIR MEXIKANER SIND HART IM NEHMEN.

ÄHM, NUN JA... SNIF... ALSO

...ES VERHÄLT SICH FOLGENDERMASSEN. UNGLÜCKLICHERWEISE HABE ICH MICH GEIRRT. SIE SCHMECKEN NICHT HALB SO GUT, WIE ICH ANNAHM. IHR FLEISCH SCHMECKT EIN WENIG – VERZEIHEN SIE MIR DEN AUSDRUCK – FAD!

EHRLICH GESAGT.

EIGENTLICH SCHMECKEN SIE NACH GAR NICHTS.

HAST DU´S SCHON MAL MIT TYPISCHEN MEXIKANISCHEN GEWÜRZEN PROBIERT? CHILI, TABASCO ODER TEQUILA?

ABER NATÜRLICH.

...NATÜRLICH. ALLES SINNLOS. ICH WEISS NICHT...WEISS NICHT MEHR WEITER. BITTE VERZEIHEN SIE MIR. ICH BIN AM ENDE. ICH GEBE ES AUF!... OH GOTT, WAS HABE ICH NUR GETAN?... SNIF

NU ÄÄHÄÄH ÄÄHÄ HÄHÄÄH ÄÄHÄ HÄÄ HÄHÄHÄÄÄ

JETZT HÖR´ SCHON AUF ZU FLENNEN! WENN HIER EINER GRUND DAZU HAT, DANN BIN ICH DAS.

HÄÄH ÄH ÄÄÄHÄ HÄ HMM ... SNÜF

DU KANNST JETZT NICHT AUFGEBEN, HÖRST DU?

ICH HABE VERBRENNUNGEN NEUNTEN GRADES ERLITTEN.

DU ISST GERADE EINEN TEIL VON MIR.

UND DU WILLST AUFGEBEN?

OH NO SEÑOR! NO, NO!

DU DARFST JETZT NICHT AUFGEBEN. ICH WILL SCHLIESSLICH NICHT UMSONST GESTORBEN SEIN.

DU MUSST DURCHHALTEN, SERAFIN.

KOMMEN WIR ALSO OHNE UMSCHWEIFE ZUR SACHE!

SEHR VEREHRTE DAMEN UND HERREN... ICH GLAUBE ICH MUSS SIE NICHT VORSTELLEN. SIE KENNEN UND SCHÄTZEN EINANDER. UND KEINER SCHÄTZT SIE MEHR ALS ICH.

LEDIGLICH DIESE BEIDEN HERRSCHAFTEN DÜRFTEN IHNEN NOCH UNBEKANNT SEIN.

DR. BEVERLY CRUSHER VON DER ENTERPRISE...

...UND DR. JEFFREY GEIGER VOM CHICAGO HOPE.

ES INTERESSIERT SIE SICHER ALLE, WAS ES MIT IHREM HIERSEIN AUF SICH HAT.

ICH HABE SIE HERBEORDERN LASSEN, WEIL ICH IHNEN ETWAS MITZUTEILEN HABE.

41

44

SEHR LUSTIG!

DAS SOLL WOHL EIN WITZ SEIN?

ES WAR MIR NIEMALS ERNSTER!

BEI ALLEM RESPEKT, SIR! WAS SIE DA VON UNS VERLANGEN, DAS IST GELINDE GESAGT PERVERS.

ABER MINDESTENS.

...SIE GEBEN ES JEMANDEM ZU ESSEN, DER WIRKLICH ETWAS DAVON VERSTEHT. JEMAND, DER ÜBER JEDEN ZWEIFEL ERHABEN IST.

WEM?

MOI!

ICH BIN ESSER UND SPEISE ZUGLEICH!

11.11.2000 – 12:32 P.M.
DER AQUAMARINE SALON

„ESSEN FÄNGT DA AN, WO DER HUNGER AUFHÖRT."

MUNCH MUNCH

MEIN APPETIT IST AUS DER FREMDE ZURÜCKGEKEHRT.

OH JA, ES SCHMECKT MIR WIEDER.

ALLES IST, WIE ES EINMAL WAR.

FAST ALLES!

ABER DAS IST EIN VERHÄLTNISMÄSSIG GERINGER PREIS, WENN MAN BEDENKT, DASS MIR EIN STÜCK LEBEN ZURÜCKGEGEBEN WURDE.

ES GIBT NUR NOCH EINE FRAGE, DIE MICH JETZT BESCHÄFTIGT.

Epilog: Grabrede

SELBST PARTIEN
SEINES GEHIRNS WURDEN
ZUBEREITET.

ES
IST VON
KILLROY.

WAS ZU
ESSEN.

ER LÄSST
SCHÖNE GRÜSSE
AUSRICHTEN UND
HOFFT, ES
SCHMECKT IHNEN.

Danke:

Meinem alten Freund Alexander Jessen, der durch hervorragende Einfälle beim
Entwickeln der Geschichte bestach, mir außerdem eine unheimliche Hütte in den
Tiroler Bergen als Brutstätte für eben jene Geschichte zur Verfügung stellte und
leider im April des Jahres 2000 verstarb.
Daniela Hofner für Ratschläge, Anregungen und Erregungen.
Dem Artilleristen Eric Desideriu, der es durch seine aufopfernde Hilfe beim
freistellen der zu colorierenden Seiten möglich gemacht hatte, daß dieses
Comic-Album rechtzeitig fertiggestellt werden konnte.
Folgenden Artilleristen: Benjamin von Eckartsberg, Thomy von Kummant, Boris
Kiselicki, Peter Oedekoven für weise Tips im Bezug auf Bildaufteilung, Bildinhal-
te oder erzählerische Feinheiten. Nett von Euch Jungs, daß ich Euch stets mit
meinen Fragen nerven konnte, wenn's mal gehapert hat.
All diese Menschen halfen, daß die vorliegende Erzählung so wurde, wie sie nun
eben mal geworden ist.